P.L.

# 我是
# 植物小保姆

遠流出版公司

# 我是植物小保姆

文/ 金・紀歐　　圖/ 瑪格麗特・布羅伊・葛雷漢　　譯/ 林靜慧

THE PLANT SITTER by Gene Zion
Text copyright ©1959 by Eugene Zion
Complex Chinese translation copyright © 2009Yuan-Liou Publishing Co.,Ltd.
Published by arrangement with Muriel L. Frischer Administratrix , Estate of Gene Zion
Through Bardon-Chinese Media Agency
ALL RIGHTS RESERVED

## 我是植物小保姆

文／金·紀歐　　　　圖／瑪格麗特·布羅伊·葛雷漢　　　　譯／林靜慧

主編／連翠茉　　　　美術設計／張士勇

發行人／王榮文

出版發行／遠流出版事業股份有限公司　　　台北市南昌路2段81號6樓　　　郵撥／0189456-1

電話／(02)2392-6899　　　傳真／(02)2392-6658

著作權顧問／蕭雄淋律師　　　法律顧問／王秀哲律師·董安丹律師

輸出印刷／中原造像股份有限公司　2009年4月1日　初版一刷　ISBN 978-957-32-6451-4　　定價260元

行政院新聞局局版臺業字第1295號　　　（缺頁或破損的書，請寄回更換）

有著作權·侵害必究　Printed in Taiwan　　　遠流博識網http://www.ylib.com　　　E-mail：ylib@ylib.com

「我要當植物保姆，」湯米說。
「那很好啊，親愛的，」媽媽說，
「待會兒再跟我說。
我要先去買東西，一下下就回家。」

可是媽媽回到家，
卻嚇一大跳。
整間屋子裡擺滿了植物，
湯米還不斷的搬進來。
「這怎麼一回事？」
她氣呼呼的問。

「我跟妳說過了呀，」湯米回答，
「我要當植物保姆。
我幫去度假的人照顧植物。
所有鄰居都是我的顧客。」
「天啊，」媽媽慘叫出聲，
「太可怕了！」

爸爸回到家，被植物絆了一跤。
「這什麼東西啊？」他大吼一聲。
「你忘了嗎？」湯米說，「你說，
這個夏天隨便我做什麼都可以，
因為我們不去度假。」

爸爸點點頭。他記得這件事。
「所以，」湯米說，
「我要當植物保姆，
照顧每棵植物，
一天只收兩塊錢。」

湯米仔細的照顧著這些植物。

他將需要遮蔭的植物，放在陰涼的地方；

需要日照的植物，放在照得到陽光的地方

他小心的為它們澆水，
有些要澆好多水，
有些只需一點點。

就因為他做得太好了，
短短幾個星期，
這些植物就長成一片密密的叢林！

每天晚上，爸爸都會說：
「不能再這樣下去！」但情況一直
這樣下去。湯米覺得實在太棒了。

早上，吃早餐的時候，
廚房裡的植物圍繞著他們。

就像在森林裡野餐一樣！
但爸爸看起來一點也不高興。

在客廳看電視，
就像在叢林深處看露天電影。

湯米覺得，
這是他碰過的最有趣的事情。
但爸爸卻抱怨個不停。

連浴室裡也是滿滿的植物。
泡澡就像在美麗森林的
小湖泊游泳一樣。

有一天晚上，湯米在浴缸裡睡著了。
照顧植物可是很辛苦的，他累了。
「你還是上床睡覺吧，」媽媽說，
「你得早起為那些植物澆水。」

湯米上床睡覺了。
他想著那些顧客什麼時候回來，
漸漸進入夢鄉。

他夢見植物越長越茂盛，
粗枝大葉讓他再也進不到屋子裡。
他得從煙囪才能幫它們澆水！
一整晚，他夢見它們就這樣
一直長、長、長。

然後，它們長得又高又壯，
把房子撐破了，牆壁都倒了下來。

所有鄰居跑了過來，大叫：
「我的植物在哪裡？我的植物在哪裡？」

湯米從夢中驚醒。

已經是第二天早上了。

爸爸上班快遲到了，他喊著：

「我的褲子在哪裡？我的褲子在哪裡？」

「喔，多可怕的夢啊！」湯米心想。

他等不及吃完早餐，
向媽媽大聲說了「一會兒見」，
就立刻衝出門去。

湯<sub>ㄊㄤ</sub>米<sub>ㄇㄧ</sub>一<sub>ㄧ</sub>一<sub>ㄧ</sub>路<sub>ㄌㄨ</sub>跑<sub>ㄆㄠ</sub>到<sub>ㄉㄠ</sub>圖<sub>ㄊㄨ</sub>書<sub>ㄕㄨ</sub>館<sub>ㄍㄨㄢ</sub>，
讀<sub>ㄉㄨ</sub>了<sub>ㄌㄜ</sub>圖<sub>ㄊㄨ</sub>書<sub>ㄕㄨ</sub>館<sub>ㄍㄨㄢ</sub>裡<sub>ㄌㄧ</sub>每<sub>ㄇㄟ</sub>一<sub>ㄧ</sub>本<sub>ㄅㄣ</sub>有<sub>ㄧㄡ</sub>關<sub>ㄍㄨㄢ</sub>植<sub>ㄓ</sub>物<sub>ㄨ</sub>的<sub>ㄉㄜ</sub>書<sub>ㄕㄨ</sub>。
最<sub>ㄗㄨㄟ</sub>後<sub>ㄏㄡ</sub>，終<sub>ㄓㄨㄥ</sub>於<sub>ㄩ</sub>找<sub>ㄓㄠ</sub>到<sub>ㄉㄠ</sub>他<sub>ㄊㄚ</sub>要<sub>ㄧㄠ</sub>的<sub>ㄉㄜ</sub>書<sub>ㄕㄨ</sub>了<sub>ㄌㄜ</sub>！

接著，他跑到園藝材料行，
買了一些東西，又急急忙忙趕回家。

回到家，他按照書上說的，
修剪了所有植物，
就好像為它們剪頭髮一樣！

然後他把修剪下來的枝幹，
插在買回來的小花盆裡。
書上說，它們會長大。

鄰居度假回來了，
他們付錢給湯米，把植物帶回家。
「瞧，它們多麼好看！」大家都說，
「多麼健康呀！」

湯米還把小盆栽送給小朋友，
讓每個人都很開心的回家。
屋子裡一棵植物也沒有了，
湯米想，爸爸應該也會很開心。

不ㄅㄨ料ㄌㄧㄠˋ，晚ㄨㄢˇ餐ㄘㄢ後ㄏㄡˋ，爸ㄅㄚˋ爸ㄅㄚ讓ㄖㄤˋ湯ㄊㄤ米ㄇㄧˇ大ㄉㄚˋ吃ㄔ一ㄧˋ驚ㄐㄧㄥ。
爸ㄅㄚˋ爸ㄅㄚ說ㄕㄨㄛ：「我ㄨㄛˇ很ㄏㄣˇ想ㄒㄧㄤˇ念ㄋㄧㄢˋ那ㄋㄚˋ些ㄒㄧㄝ植ㄓˊ物ㄨˋ。
有ㄧㄡˇ它ㄊㄚ們ㄇㄣ，感ㄍㄢˇ覺ㄐㄩㄝˊ就ㄐㄧㄡˋ像ㄒㄧㄤˋ住ㄓㄨˋ在ㄗㄞˋ鄉ㄒㄧㄤ下ㄒㄧㄚˋ。」
他ㄊㄚ點ㄉㄧㄢˇ上ㄕㄤˋ煙ㄧㄢ斗ㄉㄡˇ，又ㄧㄡˋ說ㄕㄨㄛ，「我ㄨㄛˇ忙ㄇㄤˊ完ㄨㄢˊ了ㄌㄜ。
要ㄧㄠˋ不ㄅㄨˊ要ㄧㄠˋ去ㄑㄩˋ度ㄉㄨˋ假ㄐㄧㄚˋ？我ㄨㄛˇ們ㄇㄣ需ㄒㄩ要ㄧㄠˋ放ㄈㄤˋ個ㄍㄜˋ假ㄐㄧㄚˋ。」
「尤ㄧㄡˊ其ㄑㄧˊ是ㄕˋ我ㄨㄛˇ！」湯ㄊㄤ米ㄇㄧˇ大ㄉㄚˋ叫ㄐㄧㄠˋ。
第ㄉㄧˋ二ㄦˋ天ㄊㄧㄢ，他ㄊㄚ們ㄇㄣ就ㄐㄧㄡˋ到ㄉㄠˋ鄉ㄒㄧㄤ下ㄒㄧㄚˋ去ㄑㄩˋ了ㄌㄜ。

作者

# 金・紀歐 (Gene Zion)

生於1913年,在1975年過世。著有《好髒的哈利》、《哈利海邊歷險記》、《哈利的花毛衣》
(遠流)等暢銷繪本。


作者

# 瑪格麗特・布羅伊・葛雷漢 (Margaret Bloy Graham)

生於加拿大多倫多。她和紀歐在工作時認識,並在1951年第一次共同創作了《全都落下來了》這
本書,就獲得凱迪克大獎 (Caldecott Medal)。她和紀歐所創作的《哈利》系列更受到世界各地
孩童的喜愛。


譯者

# 林靜慧

英國University of Surrey Roehampton 兒童文學碩士。目前專事翻譯,已有《安的莊園》、《貓
王和他的搖滾麥克風》等譯作在市面上流通。平常愛看繪本及青少年小說,有機會也愛旅行。